U0054913

秋的低語

——莊紫蓉詩集

獻給
雲騰二哥

「含笑詩叢」總序／含笑含義

叢書策劃／李魁賢

　　含笑最美，起自內心的喜悅，形之於外，具有動人的感染力。蒙娜麗莎之美、之吸引人，在於含笑默默，蘊藉深情。

　　含笑最容易聯想到含笑花，幼時常住淡水鄉下，庭院有一欉含笑花，每天清晨花開，藏在葉間，不顯露，徐風吹來，幽香四播。祖母在打掃庭院時，會摘一兩朵，插在髮髻，整日香伴。

　　及長，偶讀禪宗著名公案，迦葉尊者拈花含笑，隱示彼此間心領神會，思意相通，啟人深思體會，何需言詮。

　　詩，不外如此這般！詩之美，在於矜持、含蓄，而不喜形於色。歡喜藏在內心，以靈氣散發，輻射透入讀者心裡，達成感性傳遞。

　　詩，也像含笑花，常隱藏在葉下，清晨播送香氣，引人探尋，芬芳何處。然而花含笑自在，不在乎誰在探尋，目的何在，真心假意，各隨自然，自適自如，無故意，無顧忌。

　　詩，亦深涵禪意，端在頓悟，不需說三道四，言在意中，意在象中，象在若隱若現的含笑之中。

　　含笑詩叢為台灣女詩人作品集匯，各具特色，而共通點在於其人其詩，含笑不喧，深情有意，款款動人。

　　【含笑詩叢】策劃與命名的含義區區在此，能獲詩人呼
應，特此含笑致意、致謝！同時感謝秀威識貨相挺，讓含笑花
詩香四溢！

2015.08.18

推薦序：平凡見真情

林鷺

　　台灣文學界一位多年來經常出現在本土藝文圈場合，不以作家或詩人自居，低調得不能再低調，卻廣受尊敬的人，搜尋引擎為她所下的定位是：「記錄文學家的內心經驗是文學史書寫與建構的重要基礎。作者莊紫蓉的文學家訪問稿已達到建構文學史與文學評論的功能，留給喜好者許多空間去理解與探索。」其實，這樣的評價是來自耗時9年，總計3冊，27篇訪問稿，在2007年5月出版的《面對作家：台灣文學家訪談錄》。這項耗力費時的工作，為向來被擺在台灣邊陲地帶的本土作家，留下非常珍貴的生活寫作記錄。對於這樣的一個人，我雖早有耳聞，可惜並無機會真正與她認識。

　　2017年我正為主辦歷時兩年的「笠友會」尋求專題演講以外的轉型，亟思透過共同閱讀與提問的方式，構築詩與詩人背景的連結，並留下紙本記錄。然而，面對兩個月一次，會後處理逐字稿的構思，確實令我發愁；好在前輩詩人李魁賢指點我去找常來參加「笠友會」的莊紫蓉老師幫忙。他推薦的理由，正是來自她面對作家訪談錄的文字處理功力。

　　想不到莊老師沒有經過任何思考，就慨然允諾這項無償的艱難工作。她擔心我心理上有人情壓力，反過來不時感謝我讓

她有事做，碰到一兩次與她的要事撞期，無法抽身前來現場錄音，就把花錢自備的錄音機委託代勞，再收回親自處理。我因此漸次體會，一個不以創作為標誌的文學愛好者，為何能夠在文藝界備受尊敬的背後原因。

這幾年由於詩人李魁賢領軍在國內外從事詩歌交流，積極發掘新詩人，理所當然把矛頭也指向莊紫蓉，鼓勵她創作。內向的她，一再謙稱自己只能愛好，不能事筆；然而，實際上她老早已從默默的旁觀記錄者，寫起自己的詩，最後終於抵擋不住，被她口中華髮生輝的「李老師」，以「新秀出招」的方式，推到台面上，眾人對她成熟的詩作感到驚訝，卻又不覺得太意外。

莊紫蓉為這本處女詩集取名《秋的低語》。無論從她的生命時序，或個性的特質上看，都再恰當不過。內容分成「親情」、「友情」、「漫遊」和「靜思」四輯，總計111首。題材採擷女性生活的日常。我以此序文，說出個人的感想。

第一輯「親情」：如果以縱橫的線軸來區分，那麼莊紫蓉以〈阿母ê祈禱〉做為起始詩，顯然就別具用心。因為借位虔誠基督徒的母親為第一人稱的禱辭，揭示的，其實是她心中，那條隱微無形的臍帶，〈圓緣〉過渡自己甜蜜成為人母，倏忽又在海外迎接孫女的初生之喜，所牽繫的一脈親情。以致相隔五十年，「小小查某囡仔上主日學」學會的「耶穌疼我我知明，因為記載在聖經。」的聖歌，連結出詩人始終放在內心深處的感懷與欣慰，讓〈思念〉「住在天上的

母親／伸出溫暖的手　輕輕拭去／查某囡仔臉上的淚痕」的詩句，讀來格外情真動人！再說，世人親子的相遇，如果能用以下這首詩來看待，就會相互珍惜：

〈不是偶然〉

17年前
遠赴史特拉斯堡
迎來的小天使
和阿嬤一起吹蠟燭
17和71
兩顆心相遇
不是偶然

這簡單直線式的親情詩，在〈母親忌日〉、〈天天都是母親節〉、〈阿公〉、〈夜櫻〉…等詩作，都記錄下親子或祖孫間互動的溫馨與幸福。除此，我們從親情的橫軸上看，也讀到可親可貴的手足情義。例如：〈小屋──獻給二哥〉的文句，圖畫般寫活了一幅鮮活的童年家居往事；〈致遠行的三哥〉裡：「和二哥對飲／品嘗Napa的醇酒／童年往事是酸酸甜甜的配菜／面對二哥愉快的眼神／您露出泛淚的微笑」的心領神會；來不及告別的〈三哥遠行〉與〈形影永遠在阮心內〉和〈台灣欒樹〉裡，對叔嬸的思懷情份，都見平凡人家的真性

情。其中，讓人印象最為深刻的，還有以下這首〈皮包〉：
「幾十年風霜／黑亮的外衣褪成灰白／帥氣的帶子　斷了／一
雙滿是皺紋的手／一針一針縫補／潔白的布沾一點黑色的油／
細細擦拭多年辛酸／灰白的外表　終於／回復本色／／揹上
這只皮包／裝進悠遊卡健保卡身分證／以及　沒說出口的／
愛」。人們面對當今日漸式微，缺乏惜物惜情的人性，想必不
免一番嘆息。

　　莊紫蓉寫自己的縱橫親情，也感受別人的親子困境，一向
喜好藝文活動的她，也從各種藝術活動的參與，去成就來自內
心感觸的文字。以下這首來自舞蹈表演的詩，就是一個例子。

　　〈母與子〉

　　微風吹動
　　母親臉上的笑紋
　　樹梢一盞燈照亮
　　兒子憂傷的眼神
　　喚不回的記憶
　　一個母親

　　第二輯「友情」：國中老師退休的莊紫蓉，經過這幾年的
相處，我知道她樂於與人互動，老伴雖然已經早走一步好幾
年，她仍不忘關心探訪夫家與己家的年老族親。她同時也是一

個熱心，受朋友歡迎的人。這輯13首詩，記錄的是她與朋友之間的相聚與送別、歡樂與哀思。我還從以下這首：

〈米豆〉

　　從四季部落來到唭哩岸
　　新主人讓我玩電腦
　　書櫃有書
　　還有小主人陪我玩
　　我常常坐在窗台
　　想念我的泰雅主人
　　我是貓

　　讀出她性格裡不失赤子之心的陽光。其實，關於友情的詩寫，莊紫蓉在以下兩輯也有不同形式的出現，我猜想之所以被歸類在不同的地方，想必有她內心的考量。

　　第三輯「漫遊」：作品為數最多。讀者從這37首生活的記錄詩裡，可以一窺詩人生活比較完整的樣貌。她的足跡可近可遠。有時〈寒風中〉在居家附近的公園寫下：「北投公園／古橋　老樹　圖書館／在寒風細雨中／／遠望大屯山頭／點點白雪／語言被凍住了」的詩句；有時遊走中南部景點，參觀〈台灣文學館〉，順便品味「肉燥飯、虱目魚、滷白菜／台灣人的晚餐」讓身心獲得別具風味的餵養；她興之所致，也遠赴

離島，靜賞「豔陽下／天人菊和仙人掌綻開／嬌美的容顏／山羊在岩石上看海／海浪輕輕拍打著／一波又一波」的幽情。她的個性可以獨自「一雙運動鞋，一個背包，走向青田街。／沿著大安森林公園，行經金華國中，路過一間教堂。」—〈青田七六〉漫步，也可安適於「一盆花，一宇宙。／一個人的旅行」的觀人賞物。她與友人相約「在大稻埕和老友一起／追憶逝水」—〈大稻埕巡禮〉共享相聚的溫度。最讓人好奇的是，東海大學畢業的莊紫蓉，離開母校五十多年來，似乎還經常回去，並且寫了好幾首感懷的美詩，以下這首：

〈教堂〉

教堂矗立在綠草地上

天上白雲靜止不動

小小鐘樓孤獨地站在水泥橋頭

仰望教堂頂上的十字架

默不作聲

短短五十年

來不及改變什麼

夕陽拉長鐘樓的身影

兩旁成排的綠蔭

上課鐘聲響起

抱起書本

　　急急奔上文理大道
　　一個東海人的記憶

　　讓人聯想這麼一位感性念舊的人，喜歡讀詩、聽音樂、賞花草，也是很自然的事，所以我們從以下這首：

　　〈花語〉

　　陽光下
　　美麗的容顏展露甜美的笑靨
　　一隻蜜蜂飛過來　用力傾聽
　　花　說了什麼？
　　她什麼也沒說

　　可以感受她生命總是充滿著和煦的深度。
　　第四輯「靜思」：這輯36首詩中的重要人物詩寫，可說十分獨特。我們讀到莊紫蓉以一個訪談者的客觀角色，去表達她心中所感受的受訪者身影，間接形成這本詩集的特殊意義。她以「靜思」來歸類這樣的經歷，我認為也是一種不張揚的涵養。例如，讓我驚奇的是，她家掛有一張王昶雄夫人林玉珠女士贈予的玫瑰畫作。她為這幅畫寫下這樣的一首詩：

〈紫色玫瑰——記王昶雄夫人膠彩畫家林玉珠〉

二樓窗外風鈴輕響
在豪邁的語聲中
似有若無
畫家陳敬輝鍾愛的高足
收起彩筆　伴著夫婿
輕聲吟唱
阮若打開心內的門窗

再拾畫筆已近黃昏
淡水的山　故鄉的水
從畫裡走出來　喚醒
青春的記憶

自君別後
淡水河依舊
奔流
捷運來來去去
不見君的身影
淡水河的漣漪
忽隱忽現
畫一幅紫色玫瑰

　　吐出最後一句
　　溫柔的愛語

　　這詩簡單勾勒出一位女性的特殊背景，也淡淡寫出兩人溫馨深厚的友誼。除此，她寫〈月光——專訪小說家葉石濤〉的「似水年華，難以追憶／受繆斯魅惑，走上天譴之途／自己和自己格鬥」「月光曲最後一個音符，停了／『我得趕緊回家，她一個人在家會害怕。』／輕輕一句話，在耳邊／繚繞再繚繞／走遠的身影，留下一塊麵包香醇的／餘味」，聽談〈冰山下——專訪小說家鄭清文〉「〈三腳馬〉島國顛顛簸跛的歷史／〈水上組曲〉淡水河的憤怒與溫柔／與〈鹿角神木〉的小鹿一起呼喚母親／福爾摩莎的悲歡與希望」。她從靜看〈淡水落日——紀念張炎憲老師（1947.3.10-2014.10.3）〉的夕日，如「一滴淚，隨著最後一抹餘光／墜入大海」表達對於這位台灣偉大的史家，死別後不捨的感懷，以及〈我累了——紀念Dr. Helmut Martin馬漢茂教授〉的追思……等等，都讓這本由李魁賢前輩催生的詩集，別具意義。

　　綜觀莊紫蓉詩的語言，質樸感性，柔和不喧嘩；作品情感內外合一，內斂而真摯。她深自實踐「花，展現各種美姿／不為誰／只是／自己開心」－〈花展〉的生活智慧。仔細品味起來，可說是「平凡又特別，淡泊且雋永」。姑且讓我以她聆聽「淡水福爾摩莎國際詩歌節」的詩歌朗誦後，所寫的一首：

〈真誠的聲音〉

聽詩人朗誦詩歌
用各種語言吟誦
不同的聲調，相異的內容
一句一句潛入心海
激起漣漪一波波
久久不息
只因詩人的聲音
真誠

來定義她的詩人特質，並祝福她從此繼續與詩為伴！

2019.11.28

目　次

輯二　友情

輯四　靜思

022

輯一　親情

阿母ê祈禱

親愛ê天父上帝　感謝Lí

Kā我出世tī台灣美麗島

后里墩仔腳樸素ê草地

留落我幼嫩ê腳跡

Tī我小漢失去老父ê日子

Tī我ê老母破病ê時

有天使從基督教病院來

牽我ê手

尋著天頂永遠ê父

感謝上帝

賞賜我夠額ê愛心

乎我穿上白衫　學天使ê模樣

跟隨蘭大衛先生娘

照顧身軀破病ê人

跟隨戴仁壽醫師

看顧患著 thái-ko ê人

感謝上帝
賜乎我一個歹脾氣ê翁婿
乎我學習怎樣吞忍
感謝上帝
賜乎我三個後生kap三個查某子
將Lí ê愛
khǹg tī in 每一人ê心內

親愛ê天父上帝　懇求Lí
求Lí乎我子兒內心ê愛
會phuhi、發芽、長大成一欉大樹
春天　開出美麗ê花蕊
夏天　展出綠色ê樹影
秋天　結出甘甜ê果子
冬天　交出一切所有
獻乎台灣這塊土地
獻乎至高ê天父上帝

註：母親莊林罔市tī日治時代曾tī馬偕病院接受護理訓
　　練，了後tī彰化基督教病院kap馬偕病院服務。

刊登於2006年6月12日-6月18日第2833期《台灣教會公報》

圓緣

43年前的今天
生活中多了一個
甜蜜的負荷　同時
生命中激起陣陣
漣漪　歡樂地
擴散再擴散　然後
圈成一個圓

註：寫於大兒子生日。

2015.4.21

走進一座大教堂

走進一座大教堂
側廊燭光點點
格利果聖歌隨著管風琴
靜靜地在聖堂
繚繞

運河邊　桁架老屋側耳傾聽
河水訴說一去不復返的往事
順著流水往前
歐洲議會正用力書寫明天的歷史
教堂鐘聲響起
送子鳥在屋頂　宣告
一個新生命誕生
那一年冬天
在史特拉斯堡

註：近日閱讀《走進一座大教堂》，憶起15年前到史特
　　拉斯堡迎接孫女誕生的往事。

2016.1.5

思念

小小查某囝仔上主日學
學會了一首歌，
「耶穌疼我我知明，因為記載在聖經。
小漢囝仔雖軟弱，耶穌的救有替贖。」
牽著母親的手回家，一路走著唱著：
「是耶穌疼我，是耶穌疼我，
是耶穌疼我，有記載在聖經。」

五十年後
「耶穌疼我我知明，因為記載在聖經。」
歌聲再度響起
住在天上的母親
伸出溫暖的手　輕輕拭去
查某囝仔臉上的淚痕
微笑著低聲吟唱
「是耶穌疼我，有記載在聖經。」

2016.7.29，刊登於《笠詩刊》第333期，2019年10月號。

母與子

微風吹動
母親臉上的笑紋
樹梢一盞燈照亮
兒子憂傷的眼神
喚不回的記憶
一個母親

註：第11屆蔡瑞月國際舞蹈節舞作之一。一個開朗堅強
　　的失智母親和一個束手無策的兒子。

2016.11.4

平安夜的祝福

時間是一扇旋轉門
旋過艱難與困苦
轉過來歡樂幸福
昔日青澀女孩
今日堅強溫柔的母親
呵護著一個喜讀太宰治的
文學少女

註：與學生母女共享聖誕晚餐，度過一個特別的平安夜。

2016.12.24

短歌

依偎著阿嬤的孫女
笑盈盈的眼眸
和陽光共舞
仙女

擁著孫女的阿嬤
掩不住的笑靨
低聲輕吟
O Sole Mio

註：《仙女》為芭蕾舞劇；「O Sole Mio」為義大利歌
　　曲「我的太陽」

2017.1.25

天天都是母親節

栀子花
淡黃色的花瓣
散放出甜甜的清香
是孫女送來的
愛

2017.5.21

變與不變

一千多個日子
咻一下
帶走稚氣
留下純真善良
三年前，三年後。
有變，有不變。

註：翻看祖孫三人的合照有感。

2017.6.15

夜櫻

夜光下
櫻花盛開
母子共賞
夢幻

註：記大兒子帶著70歲老母赴京都賞櫻。

2018.3.29

母親忌日

很久很久以前
汝牽我的手
行在草埔
教我唸詩歌
掛著目鏡
一針一線縫衣裳

很久很久以後
汝放開我的手
默默走遠
天上飄過一朵雲
雨滴落下
不忍唱
母親教我的歌

2018.7.29

不是偶然

17年前
遠赴史特拉斯堡
迎來的小天使
和阿嬤一起吹蠟燭
17和71
兩顆心相遇
不是偶然

2019.1.10/1.15

阿公

「我要阿公餵，要大口的喔！」
小女孩默默地說
尋找什麼似的抬起頭
天，是空的

「阿公，我走不動，腳沒力了！」
高高瘦瘦的阿公抱起小小女孩
在阿公懷裡
看著停在一朵花上的蝴蝶
微笑

阿公身旁的肉桂樹長高了
女孩抬頭，樹葉隨風搖動
阿公的身影
一陣清風
飄過

註：阿公忌日，兩個孫女在詠愛園懷念阿公。

2019.2.1

形影永遠在阮心內

昨夜夢中

聽到您輕輕喚我的聲音

獨特輕柔的嗓音　掀開

記憶的寶盒

諸羅山下一所女校

校園有您我先後重疊的身影

學姐輕吟校歌，學妹低聲應和

在時間長廊，15年只是一瞬間的距離

和您一起聆聽

「母親教我的歌」

「美好的一天」

聽您唱

「七隻烏鴉」

「當我們年輕時」

窗外的陽光燦爛地笑了

一朵雪花冉冉飄下

自在　優雅　從容

美麗的雪花在風中飄盪
融化再融化　之後
化為心中的一抹回憶
在深秋

註：秋雪四嬸在2016年紅葉落盡時遠行，伊的身影永
　　留心底。今日探訪四叔，牆上四嬸的照片，引人
　　懷思。

2019.7.16，刊登於《笠詩刊》第333期，2019年10月號。

小屋
——獻給二哥

諸羅山城一幢小屋
屋旁南方空地的菜園
小白菜空心菜就著陽光
迎風微笑
屋前一畦圓形花圃
圓仔花圍著雞冠花綻放
「圓仔花、白雞冠，翁行某隨。」
孩童跑著唸著
一陣風吹開庭院
虛掩的門扉

塌塌米上衣櫃矮桌縫衣機
縫製一室溫暖
小妹在暈黃的燈光下寫字
書桌旁藤椅上　鄰居阿伯
悠然入夢

屋後，母雞帶小雞覓食
小哥哥帶著小妹
打水澆菜修圍籬
偷空抓螳螂灌肚猴
母親上教堂唱聖詩
耶穌疼我我知明

終年在北方打拚
難得回家
母親笑出一臉皺紋
弟妹露出天真稚嫩的眼神
他，臉上的笑靨
含著淚

註：我8歲時父親過世。之後，二哥一肩扛起孝養母親照
　　顧弟妹的責任。我10歲時，二哥買下一幢有院子的小
　　屋供母親、三哥和我居住，他一個人在台北工作。

2019.7.22，刊登於《笠詩刊》第333期，2019年10月號。

三哥遠行

聽說

您遠行　不帶行囊

只帶走鍾愛孫子的微笑

如一朵雲隨風飄

向杳不可知的遠方

來不及問您是否孤單寂寞　需要旅伴

來不及向您道別

來不及流下眼淚

您　已走遠

2019.8.5

皮包

幾十年風霜

黑亮的外衣褪成灰白

帥氣的帶子　斷了

一雙滿是皺紋的手

一針一針縫補

潔白的布沾一點黑色的油

細細擦拭多年辛酸

灰白的外表　終於

回復本色

揹上這只皮包

裝進悠遊卡健保卡身分證

以及　沒說出口的

愛

註：一只褪色斷帶的皮包，被巧手的二哥修復完好。祝
　　福如父高齡88的二哥，父親節快樂！

2019.8.8

致遠行的三哥

聽說

您回來了

帶兩瓶您自家葡萄園精釀的葡萄酒

和二哥對飲

品嘗Napa的醇酒

童年往事是酸酸甜甜的配菜

面對二哥愉快的眼神

您露出泛淚的微笑

一眨眼

笑談聲由近而遠

四周一片黑暗

美酒歡笑眼淚

如夢

2019.8.14

流轉

火車慢悠悠行駛
到淡水
觀音山醒了
漁夫划著小船
靜靜的
河邊一隻白鷺鷥，振翅
飛遠了
陽光下，草地
深深淺淺的綠
小嬰兒在母親懷裡
笑出一臉頑皮

哲學之道櫻花盛開
漫步水邊
攝影高手拍不出
老母臉上的青春
兒子伸手抓住幸福
按下快門

註：兒子小時候經常帶他去淡水，如今，換成長大的兒
　　子帶老母出遊。

2019.8.26

一暝大一尺

天真的眼眸凝視著
小手指向遠遠的
老母抱不動的夢
時間滴答滴答
一暝大一尺
小心翼翼地走向
光

一覺醒來
眼神依然天真
夢想仍在前面
加緊腳步
往前
走

2019.9.15

台灣欒樹

屋角的欒樹開花了

豔黃的花朵吐出一句句

來不及對妳說的心內話

叫不出口的名字

眼裡滿是妳的形影

自妳走後

一張張老唱片

默默對著

少了唱針的唱盤

貝多芬蕭邦柴可夫斯基

噤聲不語

只希望再聽妳低聲吟唱

七隻烏鴉

伴我入眠

註：三年前，四嬸走後，喜愛音樂的四叔不再打開音
　　響。昨日探望四叔，竟一時叫不出四嬸的名字。

2019.10.8

一台打字機

答答答
從體內吐出
遊子思鄉的心聲
思念情人的綿綿情意
追求自由飛翔的豪情壯志
時間掩沒曾走過的足跡
眾聲喧嘩蓋過孤單的
幾聲喃喃低吟
終至噤聲
不語

2019.10.13

天使的歌聲

夢想終於成真

維也納少年歌者

乘著歌聲的翅膀

飛回美麗島

以聖歌祝福自由樂土

唱一首望春風

情感零距離

母親教我的歌

多了番茄炒蛋的滋味

天使的歌聲

天上的阿嬤

聽到了

註：從小夢想能參加維也納少年合唱團的Isaac David，
　　終於如願，2019年10月間隨團返台演出。隻身在維
　　也納的他，最想念媽媽的番茄炒蛋。

2019.10.16

緣
——記一位深情的女孩

穿上綠衣

從土庫到台北

彷如姑姑姑丈的女兒

三個寒暑的緣分

一生的深情

定居諸羅山城

為姑丈的小屋

剪去怒張的樹枝

掃除四散的枯葉

清去多餘的雜物

然後

找到一個好媒人

小屋有了歸宿

重獲新生

2019.10.25

又見欒樹

屋角的欒樹
豔黃的花朵
悄悄轉變
日頭月娘日夜守護
屋裡的人
頭髮由黑轉灰變白
時間之河潺潺
不回頭

註：探訪居住於紀州庵旁的四叔父有感。

2019.11.26

輯二　友情

聚

秋聲尚遠　陽光熾烈
桌上一株淡綠色花朵
芬芳暗藏

紫色大岩桐盡情展現
美的蓉顏

無視咳嗽
義無反顧　帶來一陣溫暖的
霖雨

註：與秋芬、美蓉和義霖在陽明大學布查花園相聚。

2015.5.30，刊登於《笠詩刊》第333期，2019年10月號。

給來自阿里山腳下的姑娘

故鄉的風
多了一點沁入心底的溫馨
故鄉的水
甘甜中多了一點濃濃的土味
故鄉的花
豔麗中多了一點素樸的韻味
啊！
魂牽夢縈的故鄉

2015.10.15

老友歡聚

從Hot 7到Coffee Sweet
從午餐到午茶
談不完的往事
在回家的路上反芻
清香的咖啡
濃醇的友情
金妮巧手
一顆青金石
一粒瑪瑙
變出
一個耳環
一條手鍊
加上
一顆愛心

2015.12.4

念
──懷念張炎憲老師

看不見的身影
越見清晰
聽不到的話語
不斷迴響
我們
沒有忘記
他
沒有離開

2016.10.3

協奏曲

星空下

夢谷尋幽　古堡探險

躺在青草地對著星星訴說

夢想

牽起妳微涼的小手

靠著你溫厚的肩膀

我們的未來是

希望

教堂的鐘聲響起

聖樂團唱出彌賽亞

在音樂廳聆聽

夢幻協奏曲

微雨中

探訪古砲台　新劇場

歸鄉遊子衣襟上

一滴水

註：睽違46年的同學，走訪滬尾砲台、雲門劇場、一滴
　　水紀念館。

2016.11.8，收錄於李魁賢編《福爾摩莎詩選，2016淡水》
　　　　　　　　　　　　　2017年1月20日出版。

約會

同窗4年
感情
凍住了
在PÜre
解凍

註：PÜre，老同學的女兒和好友所開的精緻三明治飲
　　料店。

2017.5.26

同學

當年
妳輕鬆通過視唱考試
緊隨在後的我　努力練習
現在，我
還在唱歌

在化學程式與試管之間
自在悠遊的妳
一直在實驗室玩耍
我　仍然不敢
輕易親近

與五線譜沒有緣份
燒杯也裝不下我的心
幸好，數字安慰了我
伴我長跑
五十年

註：與高中同學相聚憶往。

2017.10.25

無題

天，亮了
「要爬山喔！」
雲端傳來老友的叮嚀
不知名的花展開純白
八仙圳的水靜靜流向遠方

2018.7.4

給親人遠行的妳

薄霧中

一艘船載著妳

航向沒有歸期的遠方

迷濛的眼眸

抓不住妳的身影

痛

晨曦下

笑容燦爛如昔的妳

甜美溫婉的聲音

縈繞

空虛的枕畔

一滴淚

註：參加一位陌生朋友的告別式有感。

2018.4.28

米豆

從四季部落來到哄哩岸
新主人讓我玩電腦
書櫃有書
還有小主人陪我玩
我常常坐在窗台
想念我的泰雅主人
我是貓

2018.8.25

聆貝多芬第七號交響曲憶往事
——給Amy Kuo

月光下，兩個跳舞的女孩
幻想如鄧肯著白色舞衣
跳出八掌溪的美麗與哀愁
白衣黑裙關不住彩色的想像
成為知己的彼此
下課，倚窗訴說傾聽傾聽訴說
沒來由的苦悶
忘記國文英文數學物理化學
老師步入教室站上講台，微笑地等著
女孩渾然未覺，凝視天空一朵白雲
輕輕飄過

2019.7.15

生命又翻過一頁

睜開好奇的雙眼
探索的腳步
迎向美麗新世界
在生命新的一頁
寫上精彩的詩篇

無論走多遠
總不忘回家的路
因為
心底最深的角落藏著
故鄉的山水
靈魂深處不時湧出
親情的暖流

在地球的南方
一心繫念
島國家鄉的美麗與哀愁
秋葉落盡

冷冽的寒冬之後
美好的春天
在不遠處招手
微笑

註：老友生日有感。

2019.10.15

忘

不記得
公學校時上台演講的
風光歲月
不記得
一針一線繡出
美麗的風景
伊
不記得
我

註：記探訪好友的老母。

2019.11.27

輯三　漫遊

青田七六

一雙運動鞋，一個背包，走向青田街。

沿著大安森林公園，行經金華國中，路過一間教堂。

在清真寺旁的青田街，靜靜地。

一對新人，在老屋廊沿拍照，幸福地。

一群老人，在廊前留影，歡樂地。

一個老師在插花，她說，花器如大地，花材即自然

一盆花，一宇宙。

一個人的旅行。

2015.4.17

大稻埕巡禮三人組

相約在綠樹成蔭的公園

「螳螂」素描拄杖老者

「黃雀」在後偷拍

同享染乃井精緻午宴

分食之際　友情更上層樓

在鍋碗杯盤間巡弋

咖啡杯去了溫泉鄉

小盤來找Omega

同屬白色家族

將度過不同的下半生

在frog café，在民藝埕

老屋飄出咖啡香

見證了大稻埕的過去與現在

波麗露特殊風味的晚餐

留下難忘的回憶

註：和老友夫婦三人在台北行走。

2015.5.15

邂逅

來自西班牙的他
獨自斜倚在紅酒杯之間
等待著伊
潔白的身軀　素樸的模樣
吸住她的目光
「就是他了！」
從此
她和他開始共度
甜蜜的每一天

註：買了一個西班牙製的白色小盤，是為記。

2015.5.15

漫遊淡水

淡水，我們來了

真理大學牛津學堂

台灣大空襲資料特展

淡水女學校

如今的純德小學

純真的笑聲

溫暖的童言

一片寧靜

豔陽下　八角塔

默默守護著淡江中學

尋根園

簡單的午餐　安靜的環境

餵飽了身心

教士會館、偕醫館

馬偕的精神仍在

日影漸斜

從小白宮、教堂到淡水老街

品嚐三協成的台灣味
豐富的一天
淡水，我們還要再來

2015.7.22

榮星花園

榮星花園
綠綠的草地
白雲遇見大樹
遇見奮力整理生態池的志工
期待來年春天
遇見火金姑

2015.10.17

草山的天空

天是藍的　雲是白的
菅芒花在豔陽下
觀音山　大屯山
靜靜的

2015.11.6

蕭家台北遊

寬心園
素餐佐談笑
華燈下
漫步101周邊
然後
返回蕭家莊園
團聚

在尋根園歇腳
香醇咖啡配上一段回憶
真理大學牛津學堂、八角塔、小白宮
尋前人足跡
回味
教士會館的午餐

註：大姊從潮州、三叔仔夫婦從高雄來，在台北同遊。

2015.11.25

台灣文學館

台灣文學館
聽初識志工
殷殷介紹特展
湯德章紀念碑在黑暗中
默默矗立
天暗了，太平鏡教會有光
第三代「福泰飯桌」的肉燥飯、虱目魚、滷白菜
台灣人的晚餐

2016.1.6

烏面捵杯之歌

再會　南都

阮想欲　擱再來

親像烏面捵杯

飛過山嶺

飛過溪水

來到溫暖的南國

再會　南都

註：告別南都之際，在高鐵站發現地上的磁畫和白聆的
　　一首詩「烏面捵杯之歌」。

2016.1.6

石牌聖誕巷

燈火
創造出璀璨
引燃
歡樂氣氛

2016.1.8

華山文創園區

從樺山到華山
從製酒到文創
老樹
默默見證
歷史

2016.1.14

寒風中的北投公園

北投公園
古橋　老樹　圖書館
在寒風細雨中

遠望大屯山頭
點點白雪
語言被凍住了

2016.1.24，刊登於《笠詩刊》第333期，2019年10月號。

頭社水庫

不小心長大的三人
共度兒童節
同遊頭社水庫
距日月潭不遠，卻清靜許多
山龍坑吊橋靜靜地
陪在大舌滿溪旁
悄悄地
老去

2016.4.4

東海宿舍

老屋餐廳「鰻」的鰻魚飯有魚刺
老友寓居的宿舍
在寧靜的東海校園一隅
散放幽微的氣息
暗黑的庭院
一隻螢火蟲
默默飛過

2016.4.4

從潭子摘星山莊到霧峰林家

在摘星山莊門前
想像昔日風華
歷經風霜的窗櫺
一陣木頭香

霧峰林家偌大的庭園
大花廳靜靜矗立著
當年在此觀戲者
如今安在？

2016.4.5

溫州公園旁的魚木

她
在雨中佇立
盛開的花朵由白而黃
之後　將轉為淡紫
默默地述說
生命流變的喜悅

2016.4.28

初訪澎湖之一

夜色中
漁船沈睡著
夢中，載著滿船的魚獲返航
漾出一波波微笑

被冷落的觀音
仍默默守候著鄉民
老邁的古井不斷湧出甘泉水
澆灌飢渴的心靈

2016.5.6，刊登於《笠詩刊》第333期，2019年10月號。

初訪澎湖之二

太陽醒了
大肚魚和透抽兀自沈睡著
無視一雙雙貪婪的眼神

水泥磚柱硬撐起
老邁的古榕
不得安息

頹圮的硓𥑮石老屋
不再為人們遮風擋雨
僅提供一份冰涼的訊息

遊客去了又來
玄武岩累了
想跟著夕陽回家歇息

2016.5.7，刊登於《笠詩刊》第333期，2019年10月號。

初訪澎湖之三

豔陽下
天人菊和仙人掌綻開
嬌美的容顏
山羊在岩石上看海
海浪輕輕拍打著
一波又一波

2016.5.8，刊登於《笠詩刊》第333期，2019年10月號。

初訪澎湖之四

白雲低頭，看著
奔跑的孩子，耳邊傳來
海的低語

藍天默默無語
小女孩悄悄長大
再回故鄉，重溫往事如夢

起錨了
帶走黝黑的印記，以及
天人菊和仙人掌的回憶

註：吉貝是老友的故鄉，仍有親戚居住於此。

2016.5.9，刊登於《笠詩刊》第333期，2019年10月號。

迎馬偕

從海的那邊來到

福爾摩莎

翻山過嶺　渡河過溪

宣揚愛佮希望

八角塔下

燒盡的身軀守護著

美麗島

最後的住家

註：馬偕博士逝世115週年音樂會──安慰之聲合唱團、
　　八角塔男聲合唱團演唱。

2016.6.5，收錄於李魁賢編《福爾摩莎詩選，2016淡水》
2017年1月20日出版。

淡水夕照

淡水河的漣漪
隨時光蕩漾
裝滿了回憶
什麼也沒說
觀音山的雲霧
和夕陽追逐
一片幻影
無悲無喜

2016.9.6，收錄於李魁賢編《福爾摩莎詩選，2016淡水》
2017年1月20日出版。

再訪淡水

過去種種　已成逝水
未來種種　不可言說
輕輕握住　眼前美好
風景

2016.9.10，收錄於李魁賢編《福爾摩莎詩選，2016淡水》
2017年1月20日出版。

散步

一隻黑貓，伸出一隻腳
豎起耳朵聽
風的呼喚
思索的眼神
看到即將發生的
故事

註：觀賞外甥女望梅的一幅畫「散步」。

2016.9.16

從「奇美」談博物館的
時代精神

隨曹欽榮造訪博物館

人文與自然相容

歷史與現代對話

時間在空間流動

無礙

2016.9.24

想念Kiki

想念你
天真的眼眸
微揚的嘴角
不語

難忘
懷抱的溫柔
和你一起走過的
足跡

2016.10.12

再別東海

豔陽下
文理大道一片耀眼的綠
鐘聲響起　遇見
抱著書本走在大道的
自己　奔向
郵局提領一份安慰
教堂的聖歌在耳際繚繞

天黑了
斜倚女白宮窗口
暈黃的燈光下　回想
曾經有過的溫柔
最美

乘著時光的翅膀
咀嚼校園的寧靜
獨自地

2016.10.15

水月

浮雲在大屯流連
不捨
靜定的觀音
無語
水如明鏡
映照來世今生
如花

註：初訪農禪寺，在水月道場遠眺大屯山、觀音山。

2016.11.22

大稻埕巡禮

波麗路西餐廳有
老台灣
從李臨秋故居深鎖的大門
聽見望春風
李春生紀念教堂
信眾循著茶香慢慢離去
在大稻埕和老友一起
追憶逝水

註：高中同學從奧克蘭返台，相約走訪大稻埕。

2017.2.5

花語

陽光下
美麗的容顏展露甜美的笑靨
一隻蜜蜂飛過來　用力傾聽
花　說了什麼？
她什麼也沒說

2017.3.17

教堂

教堂矗立在綠草地上

天上白雲靜止不動

小小鐘樓孤獨地站在水泥橋頭

仰望教堂頂上的十字架

默不作聲

短短五十年

來不及改變什麼

夕陽拉長鐘樓的身影

兩旁成排的綠蔭

上課鐘聲響起

抱起書本

急急奔上文理大道

一個東海人的記憶

2017.5.29

潭水靜靜

早晨的陽光穿透雲層
幾隻白鷺鷥掠過水面，盪起一絲絲水紋
潭水不說一句話
遠方一片雲

一陣風雨過後
夏蟬獨自開唱
聽不到的細碎語聲
在耳邊迴響

註：與老友同遊日月潭，一向多話的她，因身體不適而
　　少語，頗不習慣。

2017.7.6

教堂鐘聲
——平安夜

教堂鐘聲

敲醒古早記憶

全校師生同享聖誕晚餐

Miss Rose管風琴聖樂演奏

聖樂團演出「阿毛與夜訪客」

宣告彌賽亞降臨

從路思義教堂

一路唱著

到老師家享用點心

報佳音初體驗

今夜

鐘聲再度響起

教堂燈光引來人潮

不一樣的情境

一樣的平安夜

2017.12.24

記初訪西螺大橋

雨　一陣陣灑落
片片記憶
隨滾滾濁水消逝
留下一身豔紅

2018.6.20

唭哩岸水圳

從礦溪來的小小圳溝
流水潺潺
白頭翁叫著victor victor
應和
雲朵變幻著　飄過來
大榕樹下一群孩童跑著
追著時間　急急長大
打石師傅用力敲著
唭哩岸石堅強的抵抗
時間的侵蝕
無聲無息　終於
獨自老去

註：陽明大學內一條古圳（八仙圳），水圳旁有一幢白
　　色建築，往昔是附屬於榮總的榮光幼稚園，如今已
　　成為咖啡館。

2019.7.26

街道上最美麗的風景

一隻黑冠麻鷺優雅地
踱步到街道中間
停下腳步，抬頭欣賞天上的白雲
然後，緩緩起步
繼續前行

一個小學生背著書包
站在馬路邊等待
車子穿流不息
一輛車子緩緩停下
小學生疾步穿越馬路
走到對岸，轉過身，脫下帽子
向駕駛阿伯鞠躬
道謝

路邊一株小草
隱身雜樹間
無人在意

默默的　伊
挺直身子，展開笑顏
一朵小白花

2019.10.1

台灣藍鵲

樹下
兩隻台灣藍鵲
緩步走近
舉起相機的人
毫無戒心
自由自在
然後　撲通一聲
跳下水塘
優游

註：周末草山一景。

2019.11.23

輯四　靜思

幸福

早餐

打開愛樂電台，樂音四處流洩

窗外青笛仔偷偷望著

桌上豐盛的早餐

輕叫一聲

飛走了

午餐

杏鮑菇、空心菜、皇帝豆

配上最愛的九層塔炒蛋

身心都餵飽了

午茶

下課了　小學生般雀躍著

一杯咖啡　手沖的

一塊精緻甜點　好友旅遊日本帶回來的

幸福的午後

2015.4.13

重逢

從前

有一個學生，粗獷的外表，眉宇間滿滿的寂寞。

有一個老師，不會說教，只是聆聽與陪伴，澎湃的感情
逐漸平靜。

28年後

師生重逢話當年，恍惚間

老師是學生；學生是老師

2015.6.6

李鎮源院士百歲冥誕紀念會

午後的台大醫學院
眾人齊聚人文館
李鎮源院士的塑像默默看著
牆上一幅幅攝影
懷想當年的100行動聯盟
醫學院大廳的紀念會熱鬧登場
楓城室內樂團的「伊是咱的寶貝」
胡乃元拉奏許常惠的作品
王建堂演奏「流浪者之歌」
布袋戲、歌仔戲、原住民歌舞
鄭智仁醫師彈唱
Formosa頌
最後的住家
餘音在眾人內心
迴盪再迴盪

2015.12.5

花展

花，展現各種美姿
不為誰
只是
自己開心

2016.1.1

蘭花物語

乘著寒風
從故鄉埔里
來到哄哩岸
一朵朵綻放
喃喃訴說著
美麗的故事

2016.1.28

太過野蠻的

黃色蝴蝶飛舞著，在南台灣熾熱的天空。
漂泊的靈魂
想念家鄉，唯有南國的白頭翁相伴。
在殖民地的殖民者
類似被殖民的生活
這一切
太過野蠻的

註：津島佑子《太過野蠻的》讀後

2016.3.18

美好

喝一杯音樂特調咖啡
和陽光共享閱讀之樂

2016.3.26

禪

不懂禪是什麼
小詩人急哭了
詩人阿伯說
禪，就是母親的懷抱
小詩人安心地睡了

註：笠友會，小詩人阿則聽楊風詩人阿伯談禪。

2016.5.17

秋蝶

蓋一間綠色密室
鑲一道金邊
隱身
製造驚奇
綠色棕色金色
逐一淡去
隱約可見
藏不住的神祕
奮力掙脫蟄居
振翅再振翅
隨風帶走一抹絢麗
一絲悵惘

註：窗台幾株馬利筋，吸引樺斑蝶來產卵，不久，鮮綠
色毛蟲在馬利筋的莖、葉間攀爬覓食，快速長大，
9月15日，兩隻毛蟲結成兩個蛹，其中一個在9月22
日早上破蛹，一隻美麗的樺斑蝶誕生了。

2016.9.22，刊登於《笠詩刊》第333期，2019年10月號。

誕生

葉片下垂掛著
一幢黃色小屋內
渾沌如宇宙之初
神祕之力悄悄運作
第一日
鑲了金邊分天地
第二日
上部轉黑如烏雲
第三日
底部晶亮小點隱約
第四日
橘色小翅初現
第五日
翅膀填上白邊加黑點
第六日
黃屋轉成咖啡屋
第七日
神祕之力點頭稱好
一隻彩蝶

註：一隻毛蟲，9月23日結成一個淡黃色蛹，經過一個
　　禮拜的「內部運作」，9月30日，一隻雄性樺斑蝶
　　出蛹了。

2016.9.30，刊登於《笠詩刊》第333期，2019年10月號。

火車頭的故事

默默數算別離的憂傷
偷偷品嘗相會的歡喜
去去來來的人生
火車也白頭

畫家
為老去的火車頭
留下不老的
故事

註：聽畫家李欽賢講台灣鐵道，一個美好的夜晚，在金
　　石堂城中店。

2016.10.28

瞬間的永恆

從聽診器的那端
傳來
靈魂深處的聲音
幽微　清晰　堅定
從筆尖不斷吐出
美的訊息

註：江自得醫師榮獲第39屆吳三連獎，趙天儀、黃騰
　　輝、李魁賢、李敏勇、陳坤崙、林鷺等笠詩人參與
　　盛會祝賀。

2016.11.15

讀許世賢
《當下喜悅Enjoy Now——
到地球旅行　在心裡跳舞》

諸羅山下一間小屋

一個唱機　幾張唱片

滿滿的喜悅

樂音響起

月光下在院子跳舞的

小女孩

大肚山上教堂旁

音樂廳的暈黃燈光下

33轉唱盤轉動著

巴哈　舒伯特　拉哈曼尼諾夫

輪番登場演出

莊嚴　浪漫　熱情

老唱片　新唱機

費雪狄斯考的冬之旅

依然經典

Robertino的O Sole Mio

清亮如昔

簡上仁的火金姑

回到童年

2016.11.16

讀林鷺詩集《遺忘》

喝一口咖啡
宏都拉斯幸運莊園的咖啡
香醇在舌間流轉
翻開詩頁，詩人說：
「寡言的老母向來不索回報」
同樣質性的老母身影浮現
淚
滴在咖啡，形成小小漣漪
擴散再擴散
曾經有過的幸福
不想遺忘

2016.11.19，刊登於《笠詩刊》第333期，2019年10月號。

埔里坪頂

視野遼闊的高台，滑翔翼正興高采烈地享受翱翔天際的
快感。

在人生最低潮時，他，來到這裡，看不見美麗的雲彩，
遠山縹緲，眾人的歡樂愈顯自己的落寞無助。徬徨中，
低頭瞥見一株炮仗花，奮力從亂石中掙扎出一朵小花。
他抬起頭來，看見希望。

註：在埔里坪頂，想到一個友人的故事。

2017.5.30

手的溫度

故鄉北港的黑麻油

揉進紫草　左手香

加一點想像

蚊蟲的剋星

古早的茶摳

沁滿

手的溫度

註：與學生午餐，獲贈手作香皂、紫草太乙膏、左手
　　香膏。

2019.7.20

紫色玫瑰
──記王昶雄夫人膠彩畫家林玉珠

二樓窗外風鈴輕響
在豪邁的語聲中
似有若無
畫家陳敬輝鍾愛的高足
收起彩筆　伴著夫婿
輕聲吟唱
阮若打開心內的門窗

再拾畫筆已近黃昏
淡水的山　故鄉的水
從畫裡走出來　喚醒
青春的記憶

自君別後
淡水河依舊
奔流
捷運來來去去
不見君的身影

淡水河的漣漪
忽隱忽現
畫一幅紫色玫瑰
吐出最後一句
溫柔的愛語

2019.8.11

一架老鋼琴

一架老鋼琴
長年獨居一隅
亮麗的外表被灰塵掩蓋
聲音混濁還走音
歡樂或鬱悶總說不清
終年默默不語

主人請來知音　為伊
拭去塵垢清除雜質調整姿勢
一聲亮麗高音
驚動窗外綠繡眼啾啾應和
伊　決定打破沉默再度發聲
為受傷的大地
為芸芸眾生
為初生的嬰兒　也
為自己

2019.8.18

「我底死，我忘記帶回來」
——憶專訪詩人陳千武

詩人的故鄉名間

濁水溪旁的美地

東眺中央山脈，西望彰化平原

還有清澈溪流

孕育出如山剛強似水溫柔

思考、反抗、再思考

讀詩、譯詩、寫詩

他說：「從南洋回來，第二天就看到她。」

從此，她

一直陪在身旁

默默地看他

讀詩、譯詩、寫詩

聽他說：「我底死，我忘記帶回來」

訪談將近尾聲

拍照時，帶去的相機不動

他說：「我去買電池。」

跨上鐵馬，越走越遠

他的身影
越清晰

註：2001年10月12日到台中訪問詩人陳千武，從上午10
　　點半到下午3點，中午享用陳夫人準備的美味午餐。

2019.8.22

鋼琴

下課鐘聲響起
小女孩來到敞開的窗戶旁
凝神注視，校長室內
一架鋼琴
默默地站著

渴盼的琴聲響起
在大肚山上
給愛麗絲，少女的祈禱
樂音在夢谷
迴盪

清亮的歌聲響起
自彈自唱的少女
喚回那小女孩
第一次與鋼琴邂逅的
驚奇

　　註：聽孫女自彈自唱，喚起對鋼琴的一些回憶。

2019.8.24

月光
——專訪小說家葉石濤

「給妳一塊麵包，好吃喔！」
他說
孩童般的笑顏
聽！聽！
貝多芬　德布西
月光
斷斷續續，似有若無
葉老師含笑，看著
一群小學生快樂的嬉戲
似水年華，難以追憶
受繆斯魅惑，走上天譴之途
自己和自己格鬥
葫蘆巷春夢，終究是
一場夢
和自己做伴的，只有
寂寞
月光曲最後一個音符，停了
「我得趕緊回家，她一個人在家會害怕。」

輕輕一句話，在耳邊
繚繞再繚繞
走遠的身影，留下一塊麵包香醇的
餘味

2019.8.29

冰山下
──專訪小說家鄭清文

溫暖的笑容，親切的問候

以為這樣的幸福

不會改變，一直能夠

聽

靈感滿滿的水庫低吟淺唱

深藏海底的冰山輕聲淺笑

談

〈三腳馬〉島國顛顛簸跛的歷史

〈水上組曲〉淡水河的憤怒與溫柔

與〈鹿角神木〉的小鹿一起呼喚母親

福爾摩莎的悲歡與希望

幽微的人性，死與生

探索間，一轉身

他

竟將自己隱藏雲端，拋下

《紅磚港坪》

留下冰山理論的

終章

註：2018年12月8日、9日在靜宜大學舉辦鄭清文文學
　　國際學術研討會，並出版他最後的作品《紅磚港
　　坪》。

2019.9.2

淡水福爾摩莎國際詩歌節
捷運詩展

秋風
吹涼了淡水
鷺鷥
帶著詩思
展翅

2019.9.7

我累了
——紀念Dr. Helmut Martin 馬漢茂教授

德國來去台灣35年

研究支那

轉向

福爾摩莎

歷史的錯綜糾葛

作家的時代困境

被殖民的命運

年輕人被迫遺忘自己的傳統

同情　瞭解

話說

殖民視角的台灣文學史

源源出土的資料

翻轉再翻轉

台灣人的故事

說不完

天色暗了
語氣一轉
「我累了」
輕輕鬆開
牽掛　逕自
走了

註：1999年1月25日，在台北市濟南路品紳咖啡館專訪
　　馬漢茂教授。

2019.9.8

如果妳在淡水河邊

如果妳在淡水河邊
請抬眼面向彼岸的觀音山
默默地等妳
抒放胸中滿滿的憂傷
隨著悠悠河水流向
廣闊的大海
如果妳在淡水河邊
請暫停急急奔走的腳步
望向遠方
欣賞日頭漸漸沉落
海天相連的紅霞
如果妳在淡水河邊
請相信水的溫柔可以療傷
靜靜坐下
聆聽詩人的吟唱　感受
詩的力量　以及
美

註：借用詩人林鷺的詩題，獻給一位可愛的詩人。

2019.9.24

真誠的聲音

聽詩人朗誦詩歌
用各種語言吟誦
不同的聲調，相異的內容
一句一句潛入心海
激起漣漪一波波
久久不息
只因詩人的聲音
真誠

2019.9.24

淡水落日
──紀念張炎憲老師
（1947.3.10-2014.10.3）

黃昏的淡水河邊

太陽斜倚西方

一朵朵白雲

慢慢轉成一片彩霞

人們在淡水河邊

用手機相機

讚嘆夕陽的美好

伊睜大眼睛

看到了落日

不忍離去的憂傷

紅紅的雲霞拉不住

迅速殞落的日頭

一滴淚，隨著最後一抹餘光

墜入大海

2019.10.3

一朵花

一朵紅色小花
掛在綠綠的枝葉之間
自由自在
綻放自信優雅
準備展現風華

一陣狂風
枝葉驚惶搖晃
強風吹襲下
她奮力抵抗　最後
不支倒地　留下
一滴血

註：紀念一位為自由犧牲的勇敢女孩。

2019.10.16

音樂廳

琴弓揚起
布魯赫小提琴協奏曲
第一個音喚醒
一場音樂會
大肚山教堂旁音樂廳
暈黃燈光下
黑膠唱片和唱針共譜
三十三轉的戀曲
夜幕低垂
月光從落地窗潛入
偷聽她和他的低語

2019.10.21

一朵芬芳的玫瑰
——羅芳華Dr.Juanelva Rose

手指在琴鍵上飛躍出

一串串樂聲

揭開64周年校慶活動序幕

隨著樂音飄回從前

同樣的一雙手

在路思義教堂旁的藝術中心

演奏蕭邦夜曲

在體育館的管風琴彈奏巴哈

她的黑管獨奏

餘音猶在

分不清小提琴中提琴的音色

不懂交響曲協奏曲室內樂

Miss Rose的音樂課

一一說分明

揚起指揮棒

聖樂團的歌聲從校內唱到校外

音樂廳

獨處藝術館一隅

愛樂人各自找個舒適的座位
點一首曲子，靜靜聆賞
暈黃的燈光散發出溫暖
月光下，教堂默默守護著
澄淨的天空

註：羅芳華Dr.Juanelva Rose，出生於美國德州，大學主
　　修鋼琴、管風琴、單簧管。1965年由基督教衛理公
　　會指派至東海大學任教，1971年創設東海音樂系。
　　退休後至今仍住在東海。

2019.11.2

致李承鴻醫師系列

看病

輕按左手脈搏
指尖細細尋索
血脈流動的訊息
頭痛的往事
右手脈息透露近日煩憂
親人老病　家國紛擾
暈眩氣鬱心悸
聽完長長的故事
「好，我來處理。」
送伊
輕步離開診間

2019.7.10，刊登於《笠詩刊》第333期，2019年10月號。

無己

在變幻莫測的大宇宙
面對時時變化的小宇宙
望聞問切
凝神處理　存檔
然後放下
到另一個小宇宙
望聞問切
無己　無功　無名
空

2019.8.12

心自在

頷首　微笑
指尖輕按脈搏
傾聽
氣血的流動
神經的走向
筋骨的鬆緊
心靈的低語

無罣無礙
遠離病苦
心自在
不去不來
菩提

2019.9.9

一棵小樹

一棵小樹
炙烈的陽光下睜不開眼
看不到遠方
一陣風吹來
瘦弱的身子禁不住發抖
旁邊一棵大樹低下頭說
「我來處理。」
伸展綠綠的葉片，為他遮住熾陽
眼前
一片草地綠油油
一望無際
風來了
一片片綠葉隨風舞動
大樹牽起小樹
迎向寒風
低聲吟唱
生命之歌

註：感謝李醫師多年來對小兒的照顧。

2019.9.30

清明之心

生之欲而生得失心
得之欣喜失之悵然
心之本然
得失之間打轉
耗損精氣神

時間潺潺往前流動
帶走心中雜質
留下清明
回歸自然
大智慧

2019.10.14

老人hen

大孫女靠近阿嬤
打開鼻子　猛吸一口
抱歉的眼神　說
「好像有老人hen喔！」然後
提供除臭祕方
小孫女抱著阿嬤　說
「阿嬤很香啊！」
面對困惑的阿嬤
李醫師笑著說：
「我來處理！」

後記

　　2015年開始，偶爾在臉書貼文和親友分享，李魁賢老師和林鷺等幾位詩人經常留言鼓勵，自己增加不少信心。檢視這幾年的貼文，內容大都是有關親情、友情或是漫遊的生活筆記。重讀這些詩文，回味書寫時的情境，心中滿滿的溫暖和感恩。

　　詩人林鷺主辦的笠友會，初期每兩個月談一個主題，後期則每次論一位詩人的作品，有幸與會聆聽笠詩人的獨特見解，近身觀察他們彼此之間的互動，如家人般真摯的情感，深深的受到感動。有此機緣參加笠詩人的活動，獲得從李老師到友則等各年齡層詩人的接納和友誼，成為個人在臉書撰文寫詩的一大動力。感謝笠詩人！

　　幾年來經常和大學老友夫婦一起旅遊，足跡遍及台東花蓮高雄澎湖，老友在東海的宿舍也是我常常造訪的溫馨休息站，因此有很多機會重返母校，回味大學生活。而旅居國外的好友，每年返台總會相約四處遊逛，重溫昔日友誼。更有年輕朋友不嫌老朽，常邀約或上草山或逛市集或聽音樂會，共度許多美好時光。感謝知己好友常相伴。

　　這兩年國事家事的煩憂，引發身體不適，幸而遇到台中榮

　　總傳統醫學科李承鴻醫師耐心醫治，身心漸趨安定，感謝這美好的緣分。而讓自己內心常保恆溫，能夠持續往前行最重要的力量，是兩個兒子、大媳婦和兩個孫女的陪伴。

　　這樣自在隨興的書寫，竟被李魁賢老師催生出一本詩集，深感意外！多年來看著李老師對年輕人的提攜鼓勵，很佩服他心胸寬大和深愛台灣的熱情，對於不再年輕的自己，他也同樣鼓勵，除了感謝還是感謝。

　　有幸邀請到詩人林鷺為這本詩集寫序，感謝又感動！

　　感謝秀威資訊科技公司願意出版這本詩集，林昕平和石書豪兩位編輯的用心，在此一併致謝！

　　最後，將這本詩集獻給敬愛的雲騰二哥！

莊紫蓉

2020.7.13

莊紫蓉，雲林縣北港人，1948年出生於嘉義。東海大學畢業，曾任國中教師26年。撰述口述歷史《廖清秀苦學與寫作》（台北縣政府文化局出版，2004年7月）。歷時9年訪談作家，撰寫《面對作家——台灣文學家訪談錄》三冊（2007年吳三連台灣史料基金會出版）。

含笑詩叢14　PG2407

 秋的低語
——莊紫蓉詩集

作　　者	莊紫蓉
責任編輯	林昕平、石書豪
圖文排版	周妤靜
封面設計	劉肇昇

出版策劃	釀出版
製作發行	秀威資訊科技股份有限公司
	114 台北市內湖區瑞光路76巷65號1樓
	電話：+886-2-2796-3638　傳真：+886-2-2796-1377
	服務信箱：service@showwe.com.tw
	http://www.showwe.com.tw
郵政劃撥	19563868　戶名：秀威資訊科技股份有限公司
展售門市	國家書店【松江門市】
	104 台北市中山區松江路209號1樓
	電話：+886-2-2518-0207　傳真：+886-2-2518-0778
網路訂購	秀威網路書店：https://store.showwe.tw
	國家網路書店：https://www.govbooks.com.tw
法律顧問	毛國樑　律師
總 經 銷	聯合發行股份有限公司
	231新北市新店區寶橋路235巷6弄6號4F
	電話：+886-2-2917-8022　傳真：+886-2-2915-6275

| 出版日期 | 2020年8月　BOD一版 |
| 定　　價 | 230元 |

版權所有‧翻印必究（本書如有缺頁、破損或裝訂錯誤，請寄回更換）
Copyright © 2020 by Showwe Information Co., Ltd.
All Rights Reserved

Printed in Taiwan

國家圖書館出版品預行編目

秋的低語：莊紫蓉詩集 / 莊紫蓉著. -- 一版. --
臺北市：釀出版, 2020.08
　　面；　公分. -- (含笑詩叢；14)
　BOD版
　ISBN 978-986-445-402-0(平裝)

863.51　　　　　　　　　　　　109006748

讀 者 回 函 卡

感謝您購買本書,為提升服務品質,請填妥以下資料,將讀者回函卡直接寄回或傳真本公司,收到您的寶貴意見後,我們會收藏記錄及檢討,謝謝!
如您需要了解本公司最新出版書目、購書優惠或企劃活動,歡迎您上網查詢或下載相關資料:http:// www.showwe.com.tw

您購買的書名: _____

出生日期: _____年_____月_____日

學歷:□高中 (含) 以下　　□大專　　□研究所 (含) 以上

職業:□製造業　□金融業　□資訊業　□軍警　□傳播業　□自由業
　　　□服務業　□公務員　□教職　　□學生　□家管　　□其它_____

購書地點:□網路書店　□實體書店　□書展　□郵購　□贈閱　□其他

您從何得知本書的消息?

　□網路書店　□實體書店　□網路搜尋　□電子報　□書訊　□雜誌
　□傳播媒體　□親友推薦　□網站推薦　□部落格　□其他_____

您對本書的評價:(請填代號　1.非常滿意　2.滿意　3.尚可　4.再改進)

　封面設計____　版面編排____　內容____　文／譯筆____　價格____

讀完書後您覺得:

　□很有收穫　□有收穫　□收穫不多　□沒收穫

對我們的建議: _____

_____

_____

_____

請貼
郵票

11466
台北市內湖區瑞光路 76 巷 65 號 1 樓

秀威資訊科技股份有限公司　　收

BOD 數位出版事業部

....

（請沿線對折寄回，謝謝！）

姓　　名：＿＿＿＿＿＿＿＿＿　年齡：＿＿＿＿　性別：□女　□男

郵遞區號：□□□□□

地　　址：＿＿＿＿＿＿＿＿＿＿＿＿＿＿＿＿＿＿＿

聯絡電話：(日)＿＿＿＿＿＿＿＿＿　(夜)＿＿＿＿＿＿＿＿＿

E - m a i l：＿＿＿＿＿＿＿＿＿＿＿＿＿＿＿＿＿＿＿